_____에게

힘들고 지친 그대를
도끼가 응원하고 격려합니다.

지은이 **도끼(DOK2)**

방송이나 TV의 도움 없이, 발라드랩 없이
오로지 정통 랩으로
언더도, 오버도 아닌 대중적 인지도를 확보하여
자신만의 독보적 영역을 구축한 DOK2!

모든 난관을 뚫고, 특히 가난이라는 큰 장애를 극복하고 독보적인 자신
만의 음악 세계를 만들어낸 도끼! 심장을 쥐어짜듯이 내뱉는 그의 랩과
가사는 간결하면서도 강렬하다. 최근 미국 명문 버클리 대학 등에서는
전설의 랩퍼 '투팍 사커(Tupac Amaru Shakur)'의 시를 강의 교재로 채
택하는 등, 랩퍼의 가사를 '시' 문학으로 받아들이는 경향이 있다. 때로
는 쌍스러운 말도 있어서 무척 직설적인 화법의 도끼 가사는 가장 효과
적인 메시지 전달 수단이기도 하다. 가사를 통해 다하지 못한 사회에 대
한 그의 생각, 돈에 대한 그의 생각, 인생에 대한 그의 생각이 이 책에
고스란히 담겨 있다. 한 예술가의 혼을 느끼기에 그의 예술적 표현을 음
미해 보는 것보다 나은 것은 없으리라 본다.

illionaire Life

컨테이너박스에서 펜트하우스까지

도끼(DOK2) 지음

BOOK PLAZA

난 더 좋은 차를 원해

아니 좋은 삶을 원해

Imma live it how i want it

난 더 좋은 나를 원해

그게 나야 복잡할 것 없이 그게 다야

Bust down cubans with

삼천 개의 다이아

Mind health and happiness

that my only desire

My ambition and my passion

will be always on fire

－《Bad Vibes Lonely (Feat. Dean)》 중에서

'나'라는 존재

난 항상
내가 특별하다고 생각해왔다.
가진 게 없어도,
지금 위치가 높지 않아도,

항상 큰 결정과 큰 일을 앞에 두고
자신감이 떨어질 때
"나는 도끼다. 이 정도는 할 수 있다."
라고 자신을 믿었다.

믿음이 확고하다면
무엇이든 꼭 이룰 수 있다고 생각한다.

"나는 도끼다. 이 정도는 할 수 있다."

먼 길을 떠나왔지 수많은 변화와 실수

긴 외로움

또 상처들은 덜 나았지만

익숙해진 대로 성숙해져 돌아왔기 때문에

더 나은 내일을 향해 또 떠나가지

지금의 작은 꿈과 믿음은

큰 먼 미래의 시작

미약해도 이대로가 값지기에

힘과 부딪힐 때면

쉬다 다시 뛰어가면 돼

어려운 일은 아무렇지 않게

쉬워하면 돼 I'm Good

— 〈그것만이 내 세상 (Feat. Dok2) – 전인권〉 중에서

인생 선배

나는 주변사람의 말에 흔들리지 않는다.
나보다 더 살았고 나보다 경험이 많다고 해서
모든 걸 다 아는 건 아니다.

내가 걷고자 하는 길에서
내가 하고자 하는 일로
충분히 존경받았던 사람이 아니라면,

단지 나이와 경험이 많다고 해서
무조건 믿을 건 아니다.

내 문제에 대해서 나보다
더 많이 생각하고 고민해 본 사람은 없다.

한때 성공했던 사람이라고 해도
그 성공을 10년 이상 유지하지 못했다면
그 사람의 조언을 의심해 볼 필요가 있다.

내 문제에 대해서 나보다
더 많이 생각하고 고민해 본
사람은 없다.

티내지도 말고,
굳이 본인의 슬픔을 알릴
필요도 없고,
위로를 받지도 않고,
위로를 해주지도 말고

- MBC '나 혼자 산다' 인터뷰 중에서

여 ▰▰▰▰▰▰▰▰▰▰▰▰ 행

열심히 일해서 돈을 벌었다면 꼭 자신을 위해서
투자를 해야 한다.
그중에 가장 좋은 건 여행이라고 생각한다.

도시에서 현실에 치여 살다보면 불필요한 생각이 많아져
내가 원했던 것이 무엇인지 잊을 수 있다.

도시는 질투와 시기로 서로를 이기려고 하고
모두가 바쁘게 살기 때문에
평화로운 기운이 없다.

운전해서 조금만 외곽으로 나가도
조금은 느낄 수 있을 것이다.
머리와 마음이 트이는 기분을.

그게 내가 무리해서라도
시간이 없으면 만들어서라도
돈 버는 일들을 몇 개 취소해서라도
여행을 가는 이유이다.

유명한 사람이라는 편견 ━━━━━━━━━━━━━━━

난 단 한 번도 나보다 유명한 사람이라고 해서
그를 다르게 여기거나 특별하게 대한 적이 없다.

내 곡과 내 랩을 써달라고
먼저 상대의 비위를 맞추며 부탁한 적도 없고,
은근슬쩍 그런 분위기를 조성하는 행동을 한 적도 없다.

내가 그보다 잘났다고 생각해서?
꼭 그런 이유만은 아니다.

일이라는 게 내가 먼저 나서서
쟁취해야만 하는 경우도 있겠지만

나를 알아봐달라고 부탁해서 이뤄지는 것과
나의 능력을 알고 남이 나를 필요로 해서
이뤄지는 것은 정말 다르기 때문이다.

나의 위치에서 최선을 다해 열심히 하고 있다면
좋은 일들은 알아서 찾아오게 되어 있다.
무리해서 서두를 필요가 전혀 없다.

나의 가치

나의 가치는 남이 올려줄 수도
깎아내릴 수도 없어야 한다.
뒤집어 말하면,
남이 올려준 가치는
남이 깎아내릴 수도 있다는 뜻이다.

예를 들어보자.
남의 사랑과 관심을 억지로 얻었다면
더 이상 그들이 사랑과 관심을
주지 않으면 내 가치는 떨어진다.

내 꿈과 자존심을 지켜나간다면,
언제라도 새로운 사랑과 관심들이
충분히 생길 수 있다고
나는 믿는다.
게다가 만약 그 사랑과 관심이 끊긴다고 해도
흔들리지 않을 수 있다.

꿈을 갖되 팔거나 꾸진 않아

꿈을 사는 게 더 좋아

내 손 안에 난 꼭 담아

불가능은 없다는 말의 뜻을 난 알아

모른다면 나를 통해 이미 본 적이 있잖아

나는 무에서 유 또 유를 유지하는 것

부정적인 기운들에 관심 주지 않을 것을 되새기며

오늘도 난 다시 공연하러 가네

– 《Mr. Independent 3 (Feat. Jinbo)》 중에서

Mr. Independent
the ill life

내 꿈과 상상 그대로의 현실과

내가 이뤄낼 것의 끝은 과연 어딜까

그들의 말처럼 난 떴다가 또 질까

의문을 가지기엔 지금 너무 젊어

젊음은 짧다지만 대신 깊고 꽤나 넓어

내 감은 달콤함을 위해 아직 조금 떫어

최대한 설레이려 하며 적당하게 떨고

걱정은 바닥에 떨궈 늘 마음은 가볍게

지난날의 잔상이 내 눈 가릴 수 없게

탐 진 치 만 의 날 둘러싼 번뇌

이룬 것에 더 많이 감사하며 후회 적게

나의 길 오늘도 걷네

– 《Mr. Independent 3 (Feat. Jinbo)》 중에서

전성기는

미래에
있다

누구는 30대에 전성기가 올 수도 있지만,
누구는 40대에, 아니 누구는 50대가 넘어서야
전성기가 올 수도 있다.

최선을 다해 자신의 자리를 굳건히 지킨다면
매년 매 순간 유행처럼
제1의 전성기, 제2, 제3, 제4의 전성기가 계속 찾아 올 수도 있다.

전성기는 미래에 있는 것이다.
과거의 전성기에 머물러 있는 사람은,
더 이상 발전할 수 없다.

나는 삶의 전성기가 일생에 한 번 오는 것이 아니라 믿어왔다.
과거에 머물러 있는 사람만큼 우둔한 사람은 없다.
어제나 오늘이 전성기라 생각하지 마라.
전성기는 미래에 있는 것이고,
끊임없이 새로운 전성기를 향해 나아가는 것이다.

어린 열두 살의 나이로

집을 떠나 살아왔네

돈 아닌 꿈을 좇아 살아 가기로 하며

일단 따라갔네

캄캄한 미래 앞 안 보여도

더 멀리 바라봤기에

이젠 그 어떤 장벽 앞에 놓여도

당황하지 않고 잘 피해

투명한 미랜 그 누구에게도 보이지 않아

안 보이면 안 보이는 대로 즐기면 되잖아

고민 속에 빠져 고민 안 해도 괜찮아

서두를 필요 없어 충분히 시간은 많아

흘러가다 보면 지긋했던 오늘 이 시간도

추억이 된 걸 발견해

늘 아무렇지 않고 살아있다는 걸 느끼는 순간에

감사하며 맞이하면 돼

또 다시 찾아올 시간에

– 《We Gotta Know》 중에서

**묵묵히
지켜온
내 한 가지**

꿈

난 12살 때부터 힙합을 하는 사람으로서,

단 한 가지 꿈만 꾸면서 살아왔다.

이 일을 잠시 해보다 안 되면 다른 걸 해봐야지,

그것도 안 되면 또 다른 걸 해야지,

그러다가 내가 잘하는 건 이거니까 원래 하던 거나 해야지 하고

내 길을 번복한 적도 없다.

모든 것에는 순서와 차례가 있는 것처럼,

내 차례가 언젠가는 올 거라고 믿었고,

대신 내 차례가 온다면 절대 놓치지 않으리라고만 다짐했다.

어려운 일은

아무렇지 않게

쉬워하면

돼

I'm

good

인생의 벽

수많은 인생의 벽을 오랫동안 열심히 넘어 오다가,
마지막 도착지점 바로 앞에서 넘어졌다고
등돌려 다시 돌아가지 마세요.

조금만 참으면 됩니다.

참아도 그 순간이 오지 않는다면 더 참으세요.
반드시 옵니다.

돌아가서 새로운 길을 뚫으나
가던 길을 뚫으나 어차피 마찬가지입니다.
시간이 더 걸리면 더 걸렸지,
덜 걸리진 않으니까요.

참아도
그 순간이
오지 않는다면
더 참으세요.

반드시 옵니다.

돌아가서
새로운 길을 뚫으나
가던 길을 뚫으나
어차피 마찬가지입니다.
시간이 더 걸리면
더 걸렸지,
덜 걸리진
않으니까요.

돈은 가치 있게 써야 한다

난 내 돈을 마약을 사는 데 쓰지도 않았고
창녀와 섹스하는 데 쓰지도 않았다.

돈은 모으는 것도 좋지만 버는 과정도 정당해야 하며,
의미 있게 써야 한다.
특히 돈을 의미 있게 쓰는 건 각자 다르다.

지금 내게 의미 있는 것은,
어린 시절 꿈이었던 좋은 집과 좋은 차를 사는 것,
내 삶의 활력을 줄 수 있는 멋진 곳으로 여행을 다니는 것,
멋진 옷을 사고, 맛있는 음식을 먹는 것이다.

정당하게 내 실력과 노력으로 번 돈을,
나를 위해 쓰는데
도대체 누가 나에게 틀렸다고 말할 수 있는가?

내가 번 돈을 흥청망청 쓰고
설령 재산이 0원이 되어
다시 처음부터 시작하는 일이 있더라도
나 자신이 불안해하지 않고
언제든지 다시 돈을 벌 수 있다는 믿음이 있다면,
그래서 내가 행복하다면 나의 정당한 소비가
전혀 문제가 되지 않는다고 생각한다.

정당하게 내 실력과

노력으로 번 돈을,

나를 위해 쓰는데

도대체 누가 나에게

틀렸다고

말할 수 있는가

난 싸우지도 않아

화도 거의 안 내

열심히 일하며 살 뿐

낭비 않네

내가 번 돈으로 가족들

이사를 갔네

파산했던 우리 집에

쌓인 빚을 깼네

우리 엄만 내게 억 단위

연봉을 받네

우리 아빠 팔에

나와 같은 시곌 찼네

– 《111%》 중에서

돈을 잃는 것을 두려워 말라

내가 무턱대고 돈을 많이 쓴다고 생각하는 사람들이 있다.
나는 돈에 연연하고 구속받고 싶지 않아서
돈을 쓰는 경우도 많다.

돈을 쌓아두기만 하면, 사람은 돈의 노예가 된다.

돈은 있다가도 없어지고, 없다가도 생길 수 있다.
없어진 돈에 연연하기보다는
내가 지금 하는 일을 열심히 하면
부와 명예는 저절로 따라온다고 믿는다.
돈은 언제든지 다시 올 수 있다는 용기와 자신감을 가져라.

쉽게 아무도 믿어주지 않았던 꿈

그래서 더 버릴 수 없어 품에 꽉 안았던 꿈

현실이 달라도 다르지 않게 살았었고

눈에 보이지 않아도 안에서 잘자랐었군

이젠 좀 펼쳐지는 듯해 나의 세상이 내 앞에

누군가 묻는다면 망설임 없이 대답해

난 여전히 늘 같애 절대 후회하지 않게

먼 길을 떠나왔지 수많은 변화와 실수

긴 외로움 또 상처들은 덜 나았지만

익숙해진 대로 성숙해져 돌아왔기

때문에 더 나은 내일을 향해 또 떠나가지

– 《그것만이 내 세상 (Feat. Dok2) – 전인권》 중에서

모든 건 생각하기 나름이다.

무슨 문제이든 간에, 정답은 10년 후, 20년 후가 아니면 모른다.
아니, 어쩌면 죽기 직전까지도 알 수 없다.

지금 잘된 일이라고 생각한 것이
훗날 나에게 독이 되어 돌아오는 경우도 있고,
지금 잘못되었다고 생각한 일이
오히려 득이 되는 일도 내 짧은 인생에서조차 여러 번 있었다.

인생이란 그런 거다.
지금 정답이라 생각한 것이
나중에 보면 오답이 되어 있다.

인생에

너무 두려워 말라.
지금 내 갈 길이 정답이라 생각된다면,
일단 가는 거다.

정답은 정해져 있는 것이 아니라,
그 이후에 내가 어떻게 하느냐에 따라
달라지는 것이니까.

정답은 없다

장

점

과

단

점

난 언제나 단점이 될 수도 있는 것을
긍정적으로 바꿔 장점으로 생각하며 살아왔다.
장점과 단점은 동전의 양면과 같아서 붙어 있다.
장점인 동시에 단점이요,
단점인 동시에 장점이다.
묘하게도 그렇다.

내가 혼혈이어서 남들은 단점이라 생각할지 모른다.
내가 오래 학교를 다니지 않았기 때문에
남들은 단점이라 생각할지 모른다.

그러나, 내가 혼혈이어서,
내게는 외국 음악에 대한 감성이 풍부했다.
내가 오래 학교를 다니지 않았기 때문에,
인생의 다양한 경험을 먼저 할 수 있었다.

단점을 장점으로 바꾸는 힘!
그것이 핵심이다.

좌

절

과

극

복

그 어떤 안 좋은 상황들도
생각 하나로 좌절이냐, 극복이냐가 정해진다.

난 15살 때 계약금 500만 원에
계약기간 8년 동안 앨범 10장을 내야 하고,
계약기간 동안 10장을 못 내면,
계약기간이 6개월씩 연장되는
일명 평생 노예 계약을 한 적이 있었다.

그것에 대해 불만이 많았고
어린 시절 쓴 가사는 대부분 그것을 한탄하는 내용이다.

그렇지만 현실은 그 덕분에
진실된 가사를 쓰는 법을 일찍 배웠고,
여전히 어리지만 나이를 먹은 지금
뒤늦게 사기 당할 일은 없어졌다.

좌절은 더 큰 발전을 가져오는 원동력이 된다.
좌절하지 않고 극복하면 우리는 더 발전할 수 있다.

illionaire Life = ill + Millionaire

난 그저 행복 하길 바라

미움 없이 하늘 아래

누군가는 나의 말이

희망이 될 수도 있겠지만

그렇지 않다는 이유로

틀리단 생각은 안 해

난 그저 행복하기 위해

저 높은 빌딩 위

저 구름 보다 많이 위에

너희들의 흔한 랩퍼들 중

랩퍼이기 뒤에

우리 부모님의 자랑스러운 아들이기에

난 여기에 태어난 거겠지

네가 무시하던 혼혈이라 빼어난 거겠지

늘 태연한 척했지 어릴 적 가난에도

난 초라하게 지낸 적 없어 가난해도

물려받은 금수저는 없었지만

– 〈Bad Vibes Lonely (Feat. Dean)〉 중에서

나는 설레임과 떨리는 맘에

늘 집중 다 십중팔구

힙합이 아닌 댄스음악 가요나 팔구

빌어먹다 멍 때리는 그런 짓 말구

내가 원하는 건 꿈 실행 야망의 만루

항상 기분이 좋지

난 돈만이 아닌 좋은 기운을 좇지

날 싫어해 봐 맘껏 난 니 미움이 돕지

난 두려울 게 없어 마음 비우고 놀지

- 《Good Vibes Only (Feat. Gray)》 중에서

언제나 진실 진심만을 담았고

갈길이 멀고 오를 벽들이 많아도

이게 나라서 힘들어하지 않았어

– 〈on my way〉 중에서

난 항상 베풀며 살고자 한다

난 내 자아가 형성될 무렵부터 돈 없이 살아왔다.
그래서 그 이후로 늘 돈에 구애받지 않는 삶을 살고 싶었다.

하지만 처음 10만 원이 생겼을 때 그걸 저축한 게 아니라,
주변 사람들과 맛있는 밥을 먹는 것에 다 써버렸다.

왜냐면 돈도 돈이지만 항상 더 중요한 것은,
친한 사람, 사랑하는 사람과의 소중한 시간이기 때문이다.

그들과 한 식탁에 앉아 맛있는 것을 먹으며
웃고 떠들고 그들과 함께하는
시간이 더 값지다고 생각했기 때문이다.

109

믿음만이 내 유일한 성공의 법칙

망설임 후회나 걱정과 멈칫 따윈

나의 머리 속에 절대로 없지

어찌나 평온한지 구름 위를 걷지

난 멋지게 살아 있는

느낌을 느끼는 중

성공이든 실패든지 뭐든 즐기는 중

– 《밖에 비온다 주룩주룩》 중에서

모르는 게 약이다 ━━━━━━━━━━━━━━━ 112 ▮

모르는 게 약이라는 말이 있다.

나는 그 속담의 뜻을 조금 다르게 생각한다.
사람들이 나를 싫어하건,
내 욕을 하건, 아니면 칭찬을 하건 그걸
다 알 필요가 없다는 의미로 받아들인다.

어디까지나 본인을 가장 잘 아는 건 본인이다.

타인의 비난에 얽매이면,
걱정과 불안을 불러일으켜
머릿속에 잡생각만 들게 할 뿐이다.

타인의 칭찬도 쓸데없는
거만함과 오만함만 가지게 할 뿐이다.

어느 쪽이든, 타인의 말에 일희일비하는 것은
내 인생을 살아가는 데에 아무런 도움이 안 된다.

타인이 나에 대해 뭐라고 말을 하든 간에
어차피 세상은 변함없이 돌아간다.

행복과 내 가친 절대

남이 대신 정해주지 않아

현실도 마찬가지

먼저 변해주지 않아

내가 직접 바꿔야지

꿈은 지켜 갖고 가지

난 내가 되고 싶은

내가 되어 살아가지 yaman

나는 날 믿기 때문에

조금도 흔들리지 않아

- 〈ain't comin down〉 중에서

제3의 눈

내가 음악을 만들 때나 큰 결정을 앞두고 있을 때
중요하게 생각하는 것은 '제3의 눈'이다.
이 정도 했으면
내가 나를 보는 '제3의 눈'이 되어 보자는 것이다.
내가 나의 팬이 되어 나를 바라보는 것이다.

객관화된 눈을 갖자는 이야기이지,
타인의 눈을 의식하거나 눈치보라는 의미는 아니다.

예를 들어, 창작을 할 경우 많은 뮤지션들이 자기합리화를 하며
내가 뭐 이정도 했으면 대단한 거지, 대충 이렇게 넘길 때가 많다.

하지만 난 초심으로 돌아가 내가 나의 팬이었다면
내가 창작한 노래를, 나의 음악적 취향과 기준을
과연 진심으로 좋아했을 것인가에 초점을 맞춰 다시 생각해 본다.

좋은 음악, 사랑받는 음악을 만들어 냄에 있어서
'제3의 눈'을 통해 바라보는 이 방법은
역설적으로 가장 '나다운 창작'을 할 수 있는 방법이기도 하다.

원래 얘기로 돌아가서, 꼭 창작활동에만
'제3의 눈'이 필요한 것이 아니라고 본다.
음악의 창작이든 아니면 다른 무엇이든 간에
자신의 길을 걸어가는 데 있어서
어떤 결정을 할 경우 '제3의 눈'을 가져보는 것은
도움이 되는 방법이다.

나 스스로 '제3의 눈'으로 공정하게
나를 평가해보는 과정을 거치지 않고,
무턱대고 남에게 물어본 뒤
그 의견대로 결정을 할 경우 결과가 좋지 않으면
남 탓을 하게 되고, 속에는 미움만 쌓인다.

하지만, 내가 '제3의 눈'을 통해 가장 나다운 기준으로
내가 결정한 일이라면 적어도 남 탓을 할 일은 없다.
항상 내 인생의 최종 결정권자는 나이다.

오늘의 결정이 잘못되었다면 오늘의 미숙했던 모습은
오늘에 남겨두고, 내일로 나아가면 된다.

누구처럼 되기 싫어

난 오늘도 지탱하는 중

내 머리 위

제3의 눈을 뜨네

– 《치키차카초코초》 중에서

좋은 생각

좋은 생각을 하는 건 운동과 마찬가지다.

운동처럼 무조건 많이 한다고 좋은 게 아니라
짧게라도 적당히 꾸준히 한다면
시간이 지나 건강한 사람이 되어 있듯
좋은 생각을 잠깐이라도 꾸준히 습관처럼 한다면
어느 순간 현실이 되어 있을 것이다.

누구나 그렇듯 좋은 생각만 하고 살 순 없지만
하루하루 조금씩이라도
꾸준히 늘려간다면 언젠가는 좋은 생각만 하고 살 수 있다.

사소한 것에 스트레스 받지 않고
정신이 건강한 사람으로 살아갈 수 있다.

만에 하나 즐거움이 괴로움이 되더라도

괴로워하지마 언제든 바꿀 수 있다고

알아둬 그게 뭐든

한 발짝 떨어져서 보면 모두 다 사소한 것들

조금도 신경 쓸 필요가 없지

교차하는 만감엔 흔들릴 필요도 없이

이미 엎질러진 물 그냥 증발하게 둬

지난 시간에 매달리지마 구차하게 더

– 《We Gotta Know》 중에서

positive
mind

뭘 바라지도 않아

행복하기만을 바라지

다 사라지기 전에

내가 눈을 감기 전에

후회 없이 살기 위해

오늘에 난 전불 거네

– 《Bad Vibes Lonely (Feat. Dean)》 중에서

PEACE

Always, 항상, 늘, 언제나 밝은 사람

난 랩이나 일상생활에서
'항상', '늘', '언제나', '매일', '여전히'라는 단어를 자주 쓴다.

누군가 잘 지내냐고 묻는다면 난 항상 언제나 늘 잘 지낸다고 말한다.

항상 좋은 기분으로 좋은 기운을 퍼트려야 한다.

그런데, 사람은 원래 상대방의 기분이 어떤지 알 수가 없다.
만약 내 입으로 '난 기분이 안 좋다.'고 말하고 다니거나,
맨날 인상만 쓰고 다닌다면,
사람들은 나를 '항상 기분이 안 좋은 사람'으로
인식할 수밖에 없다.
그러면 사람들은 하나둘씩 나를 피하기 시작할 것이다.
항상, 늘, 언제나 우리는 밝은 사람이 되어야
나에게 밝은 기운이 들어오고,
나에게 행운도 찾아오고, 일도 잘 풀린다.

GOOD LUCK

누가 뭐라 하든 간에 나는 절대 포기 안 해

날 믿지 못한다면 넌 잘 지켜보기만 해

뒤돌아 보지 않아 앞만 보며 달려가네

Whatever u do whatever u choose I wish u a Good luck

— 《Good luck》 중에서

매일 아침 눈을 뜸에 늘 감사하는 맘으로 잠드네

날 시험하는 현실의 저울질은 내겐 그네

난 분해하는 맘은 먹지 않아 배가 고파져도

오르면 끝인 줄 알았던 산이 높아져도

다시 또 오르면 돼 아님 또 고르면 돼

가끔은 모르는 게 약이 되니 모르면 돼

모두가 어른은 돼도 성숙해지진 않아

현실과 나이를 핑계로 꿈을 지키질 않아

그 꼴이 보기 싫어 내 머리 위 눈을 떠어

부정적인 기운 가득한 술잔에 술을 퍼어

마시기보단 난 평화로운 여행을 택해

못 배운 내가 생각해도 이게 낫지 백배

난 내께 아닌 것에 미련 두지 아니하고

어제의 슬픔이 오늘로 오게 아니하며

환상일 뿐인 괴로움의 구애 받지 않게

나는 나를 믿어 절대 걱정 따윈 하지 않아

- 《We Gotta Know》 중에서

어려운 걸

어려워하기보다

쉬 워 하 면   된 다

어려운 걸 어렵다고만 생각하면 그 사람은 영원히 그 일을 할 수 없다.
어려운 것도 잘 해내는 사람을 보면,
남들이 어렵다고 생각하는 일을
'별 거 아니지 뭐! 부딪쳐 보자.'라고 생각하거나
'까짓 거, 한번 저질러 보는 거지 뭐!'라고 생각하는 경우가 많다.

사람이 하는 일인데, 누군 하고 누군 할 수 없는 일이 어디에 있을까?

저 사람이 했다면, 나도 할 수 있는 일이 분명하다.
어려운 걸 어려워하기보다는 쉬운 것이라
생각하면 된다.

진짜 바닥에서 위?

여전히 더 올라가기 위해

매일 난 또 걸어

뻔한 swaggin

가끔 철없게 좀 뵐지라도

어려운 일을 해낸 건

참 부정 못 할 얘기

다들 꺼려하는

도전 야망이 도져

- 《111%》 중에서

난 돈 좀 벌었다고 어릴 적

사람들 버리지는 않아

적어도 돈보다 중요한 게

뭔지 난 알아

여긴 쓰면 뱉고 달면

잘 삼키는 바닥

내 말은 성공에 눈멀어

사는 이들 말이야

난 형들 다 데리고

여행 가네 하와이

호텔이며 밥값 상관없어

명품 하나씩

좋을 대로 고른 후엔

계산은 내가 하지

– 《Bad Vibes Lonely (Feat. Dean)》 중에서

Bad Vibes Lonely

즐기며 한다

난 연습을 따로 정해놓고 하지 않는다.
그저 즐길 뿐이다.

음악, 랩, 힙합이라는 것은 어디까지나 생활이고 문화이다.

물론 끝없는 연구와 공부가 필요하지만
어디까지나 정답이나 공식이 없는 게 음악과 랩, 그리고 힙합이다.
어쩌면 이것은 음악 이외의 모든 예술에도 해당될 수 있는 말이다.

한때는 나도 음악이 공부처럼 정답이 있다고 생각했다.
그런 마인드로 오랫동안 창작을 해봤었다.

그런가 하면, 그 후엔 그냥 취미생활처럼 즐기면서도 해봤다.

이제껏 내 경험상 정말로 확실한 진리라고 생각하는 것은
적어도 음악과 힙합, 랩에 있어서
몸으로 느끼고 받아들일 줄 알며
즐기는 사람을 절대 이길 수 없다는 점이었다.

지금 랩퍼를 꿈꾸는 사람이라면,
지금 힙합 뮤지션을 꿈꾸는 사람이라면,
방구석에서 가사만 쓰고 앉아 있기보다는 많은 경험을 하며
음악과 인생을 즐기는 것을 추천한다.

즐기라는 것!
이것이 꼭 랩, 힙합에만 국한되는 말일까?
음악 아닌 다른 예술에는 통하지 않는 말일까?
아니, 예술 아닌 인생의 다른 영역에는 통하지 않는 말일까?

누구는 몇천 벌 때
나는 몇십에 목숨 걸어
다 때려치고 싶지만
그래도 돈은 벌어
먹고 살아야지
이 땅에 남자로 태어나
가난에 태연한 척 할 수 없기에
주먹을 뻗어

- 《On my way》 중에서

나 남 의식한

안 내키는 음악 따윈 안 했지

아랫집이 올라 올 때까지 더

내 자신이 날 몰라 볼 때까지 더

꿈의 한계보다 높게 가지 더

난 내려다 보네

하지도 않을 일을 쓸데없이

말하지도 않어

– 《111%》 중에서

불가능은 없다는

말의 뜻을 난 알아

모른다면 나를 통해

이미 본 적 있잖아

– 《Mr. Independent 3 (Feat. Jinbo)》 중에서

난 몸집이 작은 가방 끈이 짧은

부잣집 아들도 아니라서 든든히 밥을

잘 챙겨먹지도 못 했지만은

이젠 다 큰 어른이 되어

주변사람들 모두를 가뿐히

책임지고 먹여 살리고도 남아

‒ 《Mr. Independent 3 (Feat. Jinbo)》 중에서

니 삶엔 비 온다 주룩

난 호놀룰루 맑은 구름

인생에 수많은 물음들에 난

답이 뭐든 걍 묵음

니 랩 정지 버튼 누름

내 랩 스웩 다 두름

좋은 생각들은

언제나 좋은 일들만 부름

– 《밖에 비온다 주룩주룩》 중에서

let your soul be free 맘을 비워 편안히

그대로 있으면 알아서 세상은 변하니

힘은 빼 문젠 시간에 다 맡겨

날카로워진 신경들도 반드시 다 깎여 just breath

– 《We Gotta Know》 중에서

누군가를
부러워한 적
있는가?

누군가를 부러워한 적 있는가?

누군가가 지금 현재 나보다 잘 풀리고 있다 해도
부러워할 필요가 없다.

나에게 굳건한 믿음과 끈질긴 인내심만 있으면
나의 시대가 온다.

사람들이 자기의 시대를 못 맞이하는 이유는
그러한 스스로의 믿음과 인내를
중간에 버려버리기 때문이다.

남을 부러워하지 말라.
남을 시기하지 말라.
남을 질투하지 말라.
나는 내 길을 가면 된다.

우린 우리 길을 걸어

라이벌 같은 건 잘 없어

니 성공 니 돈에 난 축복을 빌어

누굴 이길 맘도 없고 누굴 밟을 탐도 없지

- 《Good Vibes Only (Feat. Gray)》 중에서

illionaire Life

출간일 초판 3쇄 2016년 7월 21일
지은이 도끼
디자인 Designgroup ALL
출판사 도서출판 북플라자
주소 경기도 파주시 문발동 535-7
전화 070 7433 7637
팩스 02 6280 7635
메일 book.plaza@hanmail.net

ISBN 978-89-98274-62-7 03810

북플라자는 영화보다 재미있는 소설, 쉽고 흥과적인 실용서적, 그리고 세상을 밝게 할 자기계발서를
항상 준비 중입니다. 독자 여러분의 원고 투고를 열린 마음으로 기다리고 있습니다.
책으로 엮고 싶은 아이디어가 있으신 분은 book.plaza@hanmail.net로 간단한 개요와 취지를 보내주세요.
인생은 항상 주저하지 않고 문을 두드리는 자에게 길이 열립니다.